D1985810

Eva Maria Leuenberger

die spinne

Literaturverlag Droschl

»But what happens, when you face the mirror, is that its surface melts, and the self walks into the glass. You step through it and into a different dream.«

Hilary Mantel

»›Come & wait with us‹ ›wait with us‹ ›to descend‹«

Alice Notley

(1)

hier ist der anfang,
flügchen.
die zahlen
prasseln
auf deinen kopf
in stunden,
sonnensekunden.
die feuer rollen
in endlosschleifen
über dich hinweg.

es ist so:

die stunden sickern
in die tage.
du liegst schon lange hier.
auf dieser matraze,
unter weißem tuch,
mit dem rücken,
flügellos,
gegen die zeit.
ein kontinuum
aus zellen,
die sich teilen;
zucker,
stille,
und staub.

es ist so:

du liegst.
und liegst.
und liegst.

eine spinne webt ihr netz
an der decke über dir;
sie ist groß, und alt,
und vielleicht
beinahe schwarz.

manchmal
schaust du sie an
und denkst:
ich könnte
mich ergeben.

es ist so:

du siehst nur noch feuer,
überall.
wie immer.
wie erwartet.
bilder rieseln
durch die risse in der wand;
    sand
    oder asche.

(2)

flügchen:
zähl sie ab –
zähl die zahlen
  an den fingern ab –

ein kinderspiel
  aus deiner zeit,
mit den fäden verwoben
in der hand.
hier baumeln die blätter
wie die körper im netz,
und dort
    sitzt die spinne;
    schaut dich an.

ja – die spinne,
flügchen.
eine alte schuld
in der geschichte.
wie immer.
wie erwartet.

sie schaut dich an.
das weißt du.

sie schaut dich an;
schaut dir zu,
wie du dich klammerst
an die alten bilder:
den kastanienbaum
vor deinem fenster,
noch ohne feuer.

ein alter traum:
eine zukunft, deren zeilen
nicht stürzen.
ein baum, der dich trägt.

die spinne schaut dich an.
wartet, dort.

es ist so:

es verdunkeln sich die täler.
der blick sticht das gift
in die haut, den mund,
die schenkel,
die innersten gruben.
eine alte scham,
eine alte spinne,
mit den hälsen im strick,
starrgespannt.

und trotzdem.
man gewöhnt sich an alles.

du hast den himmel schon lange nicht mehr gesehen.
hast zuerst die gardinen geschlossen,
dann die augen, den mund.
hast dir den tag unter die lider geschoben;
dich glattgemacht, zu pixel
und glas.

ja, flügchen.

wie immer.

wie immer.

du lebst nur noch hier,
an diesem ort in deiner hand;
faksimile einer welt,
deren falten die finger
noch spüren.
wie immer.
wie erwartet.

bloß das blaue licht, von anderswo.
die glatten flächen bezeugen die dunkelheit;
schirmen die worte vor den wolken des rauchs.
so ist es.
als ob die säure in diesem blick
nicht langsam doch
die rüstung korrodiert.

und trotzdem:

nichts passiert.

nichts passiert.

teebeutel trocknen
in den tassen,
tanningetönt.
neues pergament.

so ist es.
du verschläfst die zeit,
die eine oder andere explosion.

und trotzdem
trocknen die bäche.

und trotzdem:
auch die haut,
wie alle anderen felder.

die bäche liegen brach;
die frösche, deren sprache
unter den steinen klemmt,
gerben in der hitze.

deine lippen knittern;
fallen ab.
die farbe blättert,
frischgestrichen,
von den ruinen.

flügchen:
mach doch.

lass dich liegen im fluss
der neuen bilder;
brennende zweige, fallendes eis.
          mach doch.
die hand am hebel,
das öl deiner finger
an der zeit.

so ist es.

du liegst.
liegst und liegst und liegst.

entlang deiner haut
zeichnet der körper
die gebirgsketten in das tuch;
falten aus stein, flächen aus eis.
der körper eines gletschers
pixelt, und keucht
in der fläche deiner hand,
mit dem tuch über dem rücken,
weiß und glatt:
    einer bitte
um die umkehr des lichts.

dahinter blicken deine augen
leergeschrieben
durch das glas.

flügchen:

das eis, das schmilzt,
die letzten möbel in diesem schloss,
drapiert mit weißem tuch;
einer neuen fahne aus altem stoff –
taufkleid, laken, leichentuch.
die neuen geister kriechen
über sohlengerundete stufen
in den abgrund
hinein.
man gewöhnt sich
an alles.

und so ist es dann, flügchen.

keine lungen, die nicht alles trüben.
die bäume, die früher hier wuchsen,
lungern bloß als geister in der luft.
es ist nicht mehr
als ein nachgeschmack
von absorbiertem licht;
den ersten pakten,
dem alten blick.

du spürst die spinne
an der schulter.
die augen stechen
in deine haut.

flügchen:

die spinne wartet, dort.
du weißt, was das heißt.

sie wickelt eine fliege
in neues tuch;
zerreibt die flügel,
      flirrend
und zart.

du schaust sie an.
wünschst dir ihre arme
um deinen hals.

(3)

die tage flackern
schritt
für schritt
        an dir vorbei;
wechseln den mond,
der schwillt und dann
verschwindet.

der kastanienbaum
lässt die ersten früchte fallen,
zuerst rohgezackt und grün,
dann braun und glanzgezeichnet.

du siehst weder die äste
noch die ersten blätter
im neuen blut.
wenn du die augen schließt,
flimmern die sprossen noch.
und trotzdem.

flügchen. so ist es.

du tust, was du tun sollst.
atmest und trinkst, folgst dir
wie ein guter hund.
hast gelernt, den blick zu wenden,
  kleingefaltet,
den puls unter den rüstungen gedämmt.
und trotzdem.
und trotzdem und trotzdem und trotzdem.

es ist ein substanzproblem, flügchen.
ein hunger, der alles kontaminiert, seit anfang schon.
die erste sehnsucht, hitze und salz, in den neuen orten;
falschbegehren, frisch geschlüpft und teergefiedert.
ein schwall aus ätzender luft, rauch in deinen lungen.

flügchen: als wäre dieser puls nicht laut gewesen.
der wolfsblick, der tollwütige fuchs. mach die augen
weg, flügchen. man sieht dich. kann dich immer sehen.

schau dich um: du hast dich in die namen geordnet.
hast dich zerteilt, den perforationen entlang, dich
liegen gelegt, an den zugeschriebenen orten.
gib es zu. du wolltest nichts anderes als schön zu sein
und gut. gib es zu. wolltest die schönheit verschlingen,
die körper verschlingen.
gib es zu.

flügchen, ja: man gewöhnt sich an alles.
lass die tücher in der alten zeit, mach doch.
klopf an deine tür, such dich, stopf dich, mach doch.
schau: all die flügel umschlungen. in dieser hitze
flattert das kleine herz in der kleinen brust und du,
flügchen, darfst fliege sein, spuckebetröpfelt,
mit dem seidenfaden zwischen den zähnen,
dem seidenfaden, festgezogen, durch die risse der haut.
flügchen. ja. das schlimmste ist unabwendbar.

flügchen: so ist es. egal, wie viele finger du in deine tiefen
gräbst, egal, wie lange du dich an das geländer klammerst;
niemand kommt zur tür. als wäre das ende des pulses
irgendwo bereits passiert und wie das sichtbare erlöschen
der alten sterne   bloß lichtjahre entfernt.

mach doch. du hast schweigen gelernt. hast damals
das schweigen erlernt. die laute äschern den mund;
du wickelst dich in die stille, wickelst dich
in die sicherheit der nacht.

und dann? was bleibt dir noch?
es ist ein alter traum:
der körper ohne scham,
oder abdruck
in der welt.

flügchen: du weißt, dass das blut unter deinen
fingernägeln klebt; an den rücken der bilder,
die du unter deinem bett versteckst. weißt,
dass kein regen mehr trinkbar ist, nirgendwo,
an keinem ort. dass kein gedicht das wasser
reinigt, kein wort den durst noch löscht.
und trotzdem kratzt du deine zeichen ins papier,
egal, wie viele bäume darin verenden.

flügchen: mach doch. schütt dir doch die zeichen
über's brot. entfern deinen körper aus der zeit;
ctr – alt – delete. mach doch.

ein alter traum: ein letzter mensch
wandert durch die letzten stunden,
allein
oder frei.

the end.

roll credits.

mach doch.

und dann?
überwachsene fassaden.
unberührte hufe
auf moosbefallenen straßen.
eine leinwand, die nicht in flammen steht
und deinen namen nicht kennt.

ist das der traum, flügchen?

ja: mal dir doch die hirsche in den wald,
ohne blut und kohlespuren; mit bäumen,
deren blätter, frisch verzuckert, die worte sprechen,
in denen die sonne ohne schatten, spucke, hitze oder salz,
über die nüstern fällt.   mach doch.
wasch dir doch den schweiß aus deinem fell
und schneid die spinne aus dem bild.

flügchen.
es ist die zeit.
stell einen stuhl an diesen tisch.

hörst du nicht die stimmen?
die gefallenen vögel?
asche, flügchen, überall.
asche, kohle, brennendes öl.

du kommst hier
nicht hinaus.

flügchen:

setz dich.

hier ist der anfang;

ein raum,
in dem du schon lange liegst.

du atmest,
          aus,   aus.

flügchen: schau dich an.
ein spiegelbild im fenster,
mit den alten augen im gesicht
der spinne. ja. es ist die zeit, sagt man.

ein wort kommt näher,
            duckt sich unter das licht.

du kramst tabak aus der schublade;
rollst durchsichtiges papier
zwischen den fingern,
benetzt den rand mit deiner zunge.
sie begegnet der luft,
und dann der haut;
salz, hitze, meer,
            oder abgrund,
            umrisslos.
der tabak bröselt in fäden
über deine schenkel.

du zündest die zigarette an
und schweigst.
stößt das bild
an einen anderen ort.

rauch zieht in die lungen;
die lippen saugen ihn
tief in dich hinein.
straßenteer und erdpartikel
in zerstoßenen blättern:
die zellen züngeln,
zärtlich,
oder zerstört.

du schaust dich an;
spürst deinen herzschlag,
nikotinverhastet,
in aller hinsicht kontaminiert.

der blick dunkelt im kalten glas.
dieses gesicht gehört dir;
gehört dir nicht.
eine neue kerbe schneidet
die stirn entzwei;
du bist alt geworden.
du bist in diesen stunden
alt geworden.

du schaust dich an; schaust dir zu.
weißt nicht, was der zweck ist deiner finger,
deren enden kaum die zigarette tragen,
deren spitzen die richtigen zeichen
nicht mehr schreiben können
oder es noch niemals konnten.
du bist vielleicht ein körper,
der hier kaum gedeiht
oder bist ganz einfach
nicht genug für diese zeit.
kannst die stunden nicht halten,
mit diesen fingern, klein wie ein kind,
und größer als der mond.

die fäden bröseln.
nichts hält die versprechen mehr,
die geflüstert wurden,
mit zarten lippen
ganz nah
an deinem ohr.

flügchen: hier ist der anfang.

aus den gassen dringt das rumpeln eines motors;
reifen auf dem asphalt.

eine kastanie platzt unter dem gewicht der luft.

flügchen, schau:
          feinstaub
          am horizont.

          ein schall aus licht
               splittert
          durch das fensterglas;

du drehst deinen körper in den schatten.
und trotzdem.

und trotzdem.
es ist die zeit, sagt man.

die spinne sitzt am selben ort
und schaut dich an.

(4)

die spinne schaut dich an.

asche,
kohle,
schwarzes glas.

sie schaut dich an
und du schaust zurück.

öffnest die arme,
die schenkel,
und die brust

eine nadel
durch den körper
des insekts –

ihre beine
        kitzeln
auf deiner haut

sie umschließen dich

du nimmst
sie alle
in dich auf

der körper
zittert
warm
und feucht
in dir

du atmest
aus

aus –
und deine nacht
fließt in den raum

neue spinnen
kriechen
klettern
aus deiner haut

aus der backe
aus dem mund
aus den rissen
in der wand

über die decke
über das licht
über den tisch
und den stuhl

die spinnen
übernehmen
der raum kippt
in die dunkelheit
in den abgrund
hinein
und der boden
fällt
du

fällst

du fällst

fällst

und fällst

und fällst

in eine abwesenheit
des lichts

einen abgrund
unter dem abgrund

die nullpunkte stürzen
und die spinnen
fallen kletternd
        flirrend
        zart

du fällst

und fällst

und fällst

die zahlen rieseln
an dir vorbei

die spinnen
die pixel
das glitternde glas

schneeflocken
aus einem himmel
der schon lange
    erlöscht

flügchen –

die sedimentschichten zittern
kastanien spalten die stille
zerplatzen

detonieren

flügchen –   so ist es

nimm deinen namen
tauch ihn
mit beiden händen
in das schwarze öl
und schau
          funken   überall

flügchen –
schau   dem kastanienbaum flirren
die flammen im haar

und hier ist er dann
der alte traum

feuer das die zeiten löst
asche
kohle
brennendes öl

ein neues licht
lötet die rippen
die rüstungen zerlaufen zu glut
strömen
siedend
glühend
über das bild

feuerflüssiges gold

flügchen –
es ist die zeit   sagt man
    ein wort wie jedes andere
    feuerflüssiges gold
    ein körper
    inmitten der luft
            keuchend
            und klein

flügchen –
schau die spinnen bersten
wie die sterne schon
eine alte leere bündelt
einen neuen kern
öffnet den blick
bricht die zeit

entzwei /

und dann
und später dann
neue stille.
asche
in den bäumen.

flügchen.   schau.

asche in den bäumen
und kein klang.
hier ist es.
dieses versmaß
deiner finger
deiner füße
deiner haut

die konsequenzen
deines körpers

schau.

du schaust dich an.
das bild verschwindet.
der spiegel verschwindet.

du stehst auf.
trittst aus der geschichte
in den nächsten raum.

(5)

du kommst an inmitten der stämme,
inmitten der höhlen aus moos.
hinter den stämmen
        regen sich die augen.
blicke treten aus der rinde
ganz nah an dich heran.
du hörst stimmen,
tiefer im wald.
öffnest den mund.
die zunge begegnet der luft,
trifft rauch; ein nachgeschmack
von absorbiertem licht.
        dahinter tau,
        nebel, unterholz:
        ein herzschlag
        von weiter her.

tau, nebel, unterholz.
	tummelnder zerfall.
sprossen durchdringen die rippen;
	drücken den atem,
	das ganze gewicht der luft,
	zurück in deine lungen.

du drehst deinen körper
den stimmen zu;
gehst schritt
für schritt
tiefer in den wald.

schritt
für schritt
    und mit jedem
    verwildert die haut.
    die augen
        verteilen sich;
vermengen in diesem moos,
in den borsten dieses fells.

zweige sprießen
aus deinem haar;
spinnenbeine, horn
der neuen hirsche.
die zellen zittern,
    fraktal,
und neugeordnet.
von den fingern tropft harz,
tannensüß, die nadeln
in den poren vermengt,
verschlungen.
eine kastanie blüht
in der fläche
der hand.

die zellen zittern;
behäutete stämme,
nüstern aus samt.
asche und tau.
die stimmen, überall.
du öffnest den mund;
sprossen spannen
      die saiten
in deinem hals –

die kehle klingt.

adern ästeln
aus dem offenen mund,
            vermengt,   verteilt,
                  verschlungen.

flügchen.
hier ist der anfang:

ein anderes, gebrochenes licht,
vor oder nach dem feuer,
oder mittendrin,
in der blauen hitze des kerns.

du hebst die hand
und die hände,
die augen, die äste,
die borsten dieses fells,
    heben sich,
    öffnen sich,
    tummelnd,
    schutzlos,
    in den tag.

ein alter traum.
und trotzdem.

über deinem kopf,
in den kronen der bäume,
blühen bereits die nächsten spinnen,
wortlos,
oder frei.

ein alter traum.
und trotzdem.

du folgst den stimmen
tiefer in den wald.

coda

es gibt einen traum,
den du selten träumst.

in diesem traum
richtet sich der körper auf
und öffnet die fenster.
der kastanienbaum steht in der gasse;
nackt gerippt, aber doch bereits
mit neuen sprossen.

es ist still in diesem traum.
weder nacht noch tag:
dämmerung.
echo eines vorherigen sturms,
eine schleife, die sich immer
wiederholt.

aber noch nicht hier.
nicht jetzt.
hier hört man nur die krähen,
wie sie den glutspuren entlang
den himmel kentern,
ihre existenz der schwerkraft übergeben
und trotzdem fliegen.

eine spinne sitzt am fenster.
sie beachtet dich nicht.
webt das netz, das sie trägt.
die überreste der letzten fliegen
hängen neben den tautropfen,
neben den bündeln der körper,
denen die beine erst wachsen.

flügchen:

du wirst das ende nicht sehen
und auch der anfang
ist bloß ein wort.
die fäden flattern.
und trotzdem.
bleib hier.
bleib.

Anmerkung

Die Zeile »man gewöhnt sich an alles« (Seite 18, 25 und 35) wurde mit Erlaubnis von Levin Westermann und Matthes & Seitz übernommen (aus: Levin Westermann, *Bezüglich der Schatten*, Matthes & Seitz, 2020, S.14).
Die Zitate am Anfang stammen von Hilary Mantel (*Giving Up the Ghost*, Fourth Estate, 2003) und Alice Notley (*The Descent of Alette*, Penguin Books, 1996).

© Anja Fonseka

Eva Maria Leuenberger, geboren in Bern, studierte an der Hochschule der Künste Bern und lebt heute in Biel. Ihre Arbeit wurde mehrfach ausgezeichnet, u. a. mit dem Basler Lyrikpreis (2020), zwei Literaturpreisen des Kanton Bern (2020 und 2022), dem Orphil-Debütpreis der Stadt Wiesbaden (2020) sowie dem PoesieDebütPreis Düsseldorf (2021). Bislang erschienen *dekarnation* (2019) und *kyung* (2021).

Die Arbeit an diesem Buch wurde unterstützt durch: Swisslos – Kultur Kanton Bern, Stadt Bern und Stadt Biel sowie vom Literarischen Colloquium Berlin.

© Literaturverlag Droschl Graz – Wien 2024

Umschlag: & Co graphikdesign www.und-co.at
Satz: AD
Druck: Florjančič

ISBN 978-3-99059-164-2

www.droschl.com
Literaturverlag Droschl Stenggstraße 33 A-8043 Graz